El millonario que me espera
HOTEL PARADISO #3

Primera edición: Agosto 2022

El millonario que me espera

Hotel Paradiso #3

Elsa Tablac

CAPÍTULO 1

ROSE

—Suficiente, gracias —le indiqué al camarero del club de playa que volcaba una botella de Moët frío en la copa que acababa de poner en mis manos.

Tomarme unos sorbos del mejor *champagne* a las seis de la tarde delante de una playa caribeña podría suponer un sueño cumplido para muchos, pero ese día me acompañaba cierto desasosiego. Durante los últimos dos días había perdido un poco de vista a Erin, mi compañera de viaje, quien parecía haber encontrado de repente el amor.

Habíamos viajado juntas a las Bahamas de luna de miel. ¡No! Jamás nos hemos casado. Ella había descubierto —el día antes de la boda, nada menos— que su prometido, Will, le era infiel. Y echó el freno de emergencia, por supuesto. Y yo misma la convencí de que no debíamos desperdiciar un todo incluido en las Bahamas que ya estaba más que pagado y que no era reembolsable, a pesar de las dramáticas circunstancias.

Total, que Erin y yo llegamos al Hotel Paradiso y en cuestión de horas —perdón, en cuestión de minutos—, mi mejor amiga conoció al que a todas luces será el gran amor de su vida.

Increíble, ¿verdad? Y sin embargo hay quien tiene ese tipo de suerte en la vida. Hay personas que consiguen enlazar relaciones sólidas una tras otra, y a pesar de que sean conscientes de que un tiempo a solas es lo mejor para curarse, el amor les aborda continuamente.

Y eso sucedía con Erin. Había tenido una conexión especial con el nuevo director del Hotel Paradiso —al segundo día de estar aquí— y yo, preocupada por el bajo estado de ánimo con el que me la encontré en el aeropuerto la animé a que se dejase llevar. La jaleé, debo reconocerlo.

Y, en cierto modo, la perdí de vista.

Con mi permiso, por supuesto.

Me levanté de mi hamaca con la copa aún en la mano y decidí que lo mejor era dar un paseo por los alrededores del impresionante hotel. Hubiese sido una locura descartar aquellas necesitadas vacaciones.

Me coloqué mi elegante caftán y mis gafas de sol y me perdí por los jardines de la parte posterior del hotel, bastante inexplorada, pues no tenía vistas de la magnífica playa de White Meadows.

Vi a Kayla, la bella y joven recepcionista que había sido tan amable y comprensiva con el pequeño cambio en nuestra reserva. En lugar del "caballero" Will, aparecí yo para acompañar a Erin y tras unos minutos tecleando en su ordenador nos confirmó, en voz baja, que iba a poder mantener nuestra espectacular *suite Honeymoon*, que en un principio estaba destinada solo a recién casados.

Una *suite* que, me temo, iba a ocupar yo sola en lo que restase de vacaciones, pues Erin solo aparecía por allí puntualmente para cambiarse de ropa o para hablarme, totalmente extasiada, de lo que estaba sucediendo con Luke Davies, el guapo director del hotel.

Me acerqué a Kayla, que miraba al frente, muy concentrada, con un *walkie-talkie* en las manos.

Allí acababa el selvático jardín trasero del Hotel Paradiso y se extendía una gran extensión elevada de cemento.

—¿Qué es eso? —le pregunté, colocándome a su lado.

Kayla dio un pequeño respingo.

—Oh, hola.

Sonreí.

—Hola, querida.

—Pues... Estamos esperando a un huésped bastante especial.

Miré en la misma dirección que ella. La única carretera que conectaba con el hotel estaba a la derecha de la propiedad, y recorría la costa de la isla hasta el pequeño pueblo de Moxey Town, el núcleo urbano más próximo.

Miré a izquierda y derecha.

—¿Un huésped especial? ¿Es un paracaidista?

Kayla soltó una risita.

En ese momento apareció en escena Ellen, la gerente del hotel. Sin duda se sumaba al comité de bienvenida. Observó la copa semivacía que sostenía entre mis manos. ¿Me estaba juzgando en silencio? Si era así, entonces tenía muy mala suerte, pues como clienta "VIP" lo máximo que podría hacer sería criticarme a mi espalda. Además, a aquellas alturas debería saber muy bien que yo era la mejor amiga de Erin, la nueva obsesión de su jefe.

—El señor Cargill llegará en helicóptero en cualquier momento —murmuró Kayla.

—¿Tenemos todo listo? —preguntó Ellen.

Solo con oír ese apellido ya me estremecí de pies a cabeza. Conocía muy bien a un Cargill de Manhattan, pero tendría demasiada mala suerte si coincidíamos en nuestro lugar de vacaciones. Nuestra preciosa isla. Nuestro espectacular hotel.

No, el Cargill que yo conocía no era precisamente alguien que se tomase unas vacaciones de repente. Era adicto al trabajo y jamás desconectaba y además... —apuré la copa de un trago—... Es alucinante la cantidad de información que puedes llegar a acumular sobre alguien con quien apenas has cruzado unas palabras en tu vida.

Unas palabras bastante desafortunadas, además.

Ellen me miró de nuevo. No le caía demasiado bien, lo notaba. Supongo que allí no pintaba nada, pero había escuchado el apellido maldito y no pensaba moverme allí hasta confirmar mis peores presagios.

O podía, simplemente, preguntarle a Kayla.

—¿Cargill? ¿Cargill qué? Conozco a un Cargill —le dije—. Sería demasiada coincidencia si...

—Créame, señorita Wall —contestó Ellen en su lugar—. No sería coincidencia en absoluto. El nuestro es un hotel de referencia y como bien sabe hay lista de espera para venir a visitarnos.

Asentí. Era una curiosa manera de presentarse. Ellen era el soldadito corporativo perfecto. Erin haría muy bien en andarse con cuidado con ella en el futuro.

—Evan Cargill —contestó Kayla, alguien que no parecía muy por la labor de guardar secretos.

Ellen la fulminó con la mirada.

—Lo va a ver de todas formas —dijo la recepcionista, excusándose.

—No necesariamente. El señor Cargill viene a la isla para mantener unas reuniones de alto nivel y dispondrá de habitaciones reservadas a las que puede acceder sin necesidad de atravesar las zonas comunes. Tú aún no estabas aquí trabajando con nosotros, pero te recuerdo aquella vez que Madonna vino con todo su séquito y ni uno solo de nuestros huéspedes se enteró.

Kayla abrió la boca.

—¿Madonna estuvo aquí? Eso no me lo has contado.

Me aparté un par de metros de las dos empleadas y me apoyé en el tronco de un limonero. Me sentía algo mareada. Las rodillas me flaqueaban y no, las dos copas de Moët no tenían nada que ver en ello, a pesar de que me las había tomado bajo un sol de justicia.

Evan Cargill.

El puto Evan Cargill estaba a punto de aterrizar con su maldito helicóptero.

No estaba preparada para ese reencuentro.

Ellas dicen que ni siquiera lo voy a ver, pero a mí no me cabe la menor duda: va a arruinar mis vacaciones.

De repente tenía ganas de llorar.

Pero las hélices de su estúpido helicóptero, que ya se acercaba por el pacífico cielo sobre nuestras cabezas, habrían secado mis lágrimas muy rápido.

El helicóptero descendió sobre la pequeña pista de asfalto.

En ese momento reaccioné; me escondí detrás del limonero. A medida que las hélices del aparato fueron bajando su ritmo Kayla y Ellen se acercaron poco a poco. Medio minuto después, la puerta se abrió.

Y allí estaba, el mismísimo Evan Cargill.

Una vez más perturbando mi existencia. Mi pamela salió volando. Mi vaporoso caftán se levantó, dejando a la vista de quien estuviese mirando en ese instante mi ropa interior.

Evan Cargill bajó del helicóptero y saludó a Ellen y Kayla. Aquel idiota siempre necesitaba un comité de bienvenida. Me fastidiaba reconocerlo, pero estaba guapísimo. Con ese bronceado misterioso —a saber cómo lo había conseguido si nunca salía de su oficina— y una absurda camisa floreada.

Viene disfrazado de turista, no me lo puedo creer. Creo incluso que lo dije en voz alta.

Mi estupefacción no tenía límites.

Mis vacaciones perfectas empezaban a no serlo tanto.

Y para colmo, me había quedado sin *champagne*.

CAPÍTULO 2

EVAN

Cosas pendientes, montones de cosas pendientes.

Y no hay cosa que me produzca mayor satisfacción que tacharlas de mi lista. Alcanzar mis objetivos. Seguir alimentando mi hambrienta fortuna.

Saludé a la gerente del hotel, un poco contrariado porque no fuera uno de los Davies quien me recibiese en persona en su hotel.

—Nosotros nos ocupamos de su equipaje, señor Cargill —me dijo Ellen, ese era su nombre.

—Perfecto, gracias.

—¿Cuándo llegan las personas con las que debe reunirse?

—Mañana, a primera hora. Necesitaré disponer de una sala de reuniones. Mi secretaria, Barbara, se comunicará con ustedes y les dirá exactamente lo que necesitamos.

—Oh, ya lo ha hecho. Estamos en contacto permanente con Barbara para que todo salga a la perfección. Nos ha recalcado que se trata de una reunión de vital importancia para usted —siguió Ellen, revoloteando a mi lado mientras dejábamos atrás el pequeño helipuerto y me conducía al ala del hotel en el que me hospedaría.

—Gracias.

—Su reserva está abierta, por cierto. Hemos bloqueado su *suite* provisionalmente durante el resto del mes. ¿Va a quedarse unos días más de vacaciones?

Me reí.

Tenía que reconocer que aquella brisa tropical me ponía de buen humor nada más entrar en contacto con ella.

—¿Lo dice por mi atuendo?

Me había vestido con unas bermudas y una camisa estampada. No me parecía apropiado hacer aquel viaje desde Miami con uno de mis trajes. Había pasado unos días allí para hacer algunas reuniones más, una pequeña escala desde mi lugar de residencia habitual, Nueva York.

—¿Su atuendo? —preguntó Ellen—. No, ¿por qué?

—¿Le parece que voy disfrazado?

—Tan disfrazado como yo misma. Va usted en sintonía, más bien. Aquí todo es mucho más... relajado. Ya lo comprobará.

—Yo diría, si me permiten opinar, que va usted perfecto —dijo la otra chica, una atractiva morena llamada... ah sí, Kayla.

Soy bueno recordando nombres.

Y especialmente recuerdo uno. El de la chica que me había hecho escoger el Hotel Paradiso para mi reunión.

Rose Wall.

Me constaba que se alojaría aquí los próximos días. Y eso gracias a las dotes detectivescas de Barbara. Tenía que subirle el sueldo próximamente a mi asistente, por cierto.

Ellen se giró y me miró mientras avanzaba por un desierto pasillo del ala oeste del hotel. En ese momento recordé su pregunta.

—¡Ah, sí! Vacaciones. No es algo que tenga en mente, Ellen. ¿Vacaciones? Qué curioso concepto. No recuerdo la última vez que me he concedido más de tres días libres seguidos. Y eso solo en el caso de que tenga conmigo mi ordenador portátil y acceso a Internet. Ese asunto está solucionado, ¿verdad?

—Habitualmente aconsejamos a nuestros huéspedes despojarse de sus dispositivos para una total desconexión —dijo Ellen—. Por eso el Wi-Fi del hotel funciona escasamente, y solo facilitamos la contraseña en el caso de que quienes nos visitan lo necesiten realmente.

Abrí la boca para protestar, pero Ellen me tranquilizó enseguida.

—Las habitaciones que ocupará usted no tienen ese hándicap, señor Cargill. La conexión de este ala está lista para su estancia.

—Perfecto.

Me entregó una llave magnética.

—Hemos acordado con Barbara cómo serán sus comidas y qué necesita exactamente. Se las llevaremos puntualmente a sus habitaciones.

Aquella mujer se adelantaba a todas mis dudas y deseos excepto una. La básica. Lo único que en el fondo me interesaba.

—Todo bien, Ellen. Una cosa más. ¿Puede confirmarme si Rose Wall se aloja en el hotel?

Meditó unos instantes.

La joven Kayla asintió en su lugar.

—¡Rose, la amiga de Erin!

—La misma —dije.

—Sí, de hecho hace solo unos momentos...

Su jefa la interrumpió.

—Creo que la señorita Wall está con nosotros, pero no podemos revelar información acerca de nuestros huéspedes a no ser que...

—Oh, no se preocupe. Es una vieja amiga mía.

Ellen me miró, inquisitiva.

—¿No le ha dicho usted que venía hacia aquí?

—La habría avisado si permitiesen ustedes los... dispositivos. No habría podido localizarla.

—No me he explicado bien, tal vez. Los admitimos. Los huéspedes pueden traer sus teléfonos, faltaría más. Solo los desaconsejamos para un mejor disfrute de este entorno natural maravilloso. Le aseguro que en cuanto pise la playa de White Meadows no va a poder...

—Gracias, Ellen —la interrumpí—. No tengo su número de teléfono personal. Solo el de trabajo. ¿Cree que puedo dejarle una nota en recepción? Me gustaría charlar un rato con ella. Nada de trabajo, lo prometo.

—Yo puedo avisarla en cuanto la vea —contestó Kayla—. De hecho estoy convencida de que si pasea usted por el hotel, Evan, se la encontrará. Esto no es tan grande.

—No tengo tiempo para pasear —contesté a la entrada de mi *suite*—. Confío en usted para localizarla; Kayla. Y ahora si me disculpan, voy a ponerme un poco más cómodo.

Cerré la puerta, deseoso de estar a solas un rato. Me pasaba la vida acompañado de personas que me daban la razón en todo y me facilitaban la vida al extremo, y a veces un hombre solo necesita no tener a nadie a su alrededor.

Rose Wall.

También conocida como *La loba de WALL Street*.

Era un mote algo desafortunado, sin duda. Pero aunque nadie me creyese no había sido yo quien la había bautizado así. Y antes de conocerla, aquel desastroso primer y único encuentro, me habían advertido sobre ella, aunque yo supiese a ciencia cierta que aquella recién llegada a las finanzas no tenía nada que hacer frente a Cargill & Associates.

Associates era solo una coletilla que le había puesto a mi principal empresa. Yo estaba detrás de todas las decisiones. Me topé con Rose en un restaurante después de que yo me hiciese con la cuenta de un interesante inversor. Uno por el que los dos competíamos. Le robé su primer gran cliente, esa es la realidad.

Y sé muy bien que me odiaba por ello.

Pero Rose era una joven financiera hecha a sí misma que iba a llegar muy lejos. Tenía agallas y no se amilanaba ante auténticos tiburones como yo. Así que le auguraba un futuro brillante.

A poder ser a mi lado.

No me malentiendas. Ella puede ser *La loba de Wall Street*, pero yo soy un lobo solitario. Trabajo solo, mi fortuna como consultor financiero —y ya como inversor— está construida por mí mismo.

Pero aunque el resto del mundo opine lo contrario, no soy alguien brillante. Simplemente trabajo el doble que los demás.

Por eso no hago vacaciones.

Es un concepto que no contemplo.

El único motivo que tengo para citar a uno de mis principales clientes en un lugar ridículo como este es ella, Rose Wall.

Ella está aquí.

Después de que me echase en cara en mitad de un restaurante que "le hubiese robado su cliente", pasé tres días intentando conseguir su contacto. Por algún motivo sus servicios se recomendaban con el boca-oreja. No había manera de contactar con ella vía e-mail y ni siquiera sabía dónde estaba ubicado su despacho.

Así que puse a trabajar a mi infalible Barbara, quien, pensando que la veía como a una de mis potenciales competidoras, elaboró un suculento dossier propio del mejor de los detectives. Los puntos más interesantes acerca de Rose Wall, los que marqué con un subrayador fluorescente fueron:

> Soltera, treinta y un años
>
> Todo apuntaba a que trabajaba en casa, algo que sus clientes no sabían a ciencia cierta.
>
> Se reunía con ellos en sus propios despachos, cafeterías o restaurantes del sur de Manhattan
>
> Había empezado su negocio hacía menos de dos años, durante el confinamiento
>
> Era una excelente amiga de la decoradora Erin Crawford quien, por cierto, acababa de cancelar su boda
>
> Y lo más sorprendente:
>
> Acompañaría a su amiga en su próxima luna de miel ficticia en las Bahamas

—Averigua dónde —le dije a Barbara—. Y los días exactos.

—De acuerdo. Lo único sobre lo que no tengo información, Evan, es sobre su familia —contestó Barbara—. Generalmente alguien con ese perfil tan ejecutivo...no sé. Deberíamos saber de dónde ha salido. Quién le ha enseñado a moverse de esa manera. No sé de dónde sale Rose Wall, ni quiénes son sus padres.

—Gracias, Barb —murmuré.

Mi asistente me llamó al cabo de una hora con la información exacta que necesitaba: *Hotel Paradiso, del diez al veinte de julio.*

Y, obrando por un impulso muy específico, físico, podría decir, llamé a Rick Shaw y le propuse encontrarnos en este hotel.

Movamos nuestra reunión al Caribe, Rick.

Mi reunión con Shaw era una burda patraña, la verdad. Nada que no hubiésemos podido solucionar con una comida en Nueva York o en Miami. Simplemente estaba dispuesto a conquistar a Rose Wall durante mi estancia.

Supongo que Barbara imaginó, cuando le pedí que organizase aquel viaje sin su compañía, que había claudicado a un instinto que yo mismo había anestesiado hacía unos años, cuando me propuse ser uno de los hombres más ricos del sur de Manhattan.

Lo tenía muy claro: me concentraría en mi trabajo hasta que apareciese una mujer digna de arrodillarme. Lo que jamás pensé es que esa mujer lo haría enfadada y acusándome de pisar su territorio. Me hizo gracia su insolencia y sus agallas, pero evité ser condescendiente en su presencia.

Aquel día la escuché, le pedí disculpas, murmuré que tal vez debíamos almorzar algún día para limar aquellas asperezas. Pero mientras Rose me acusaba yo me vi sorprendido por la reacción de mi cuerpo. De mi masculinidad. Mis músculos se tensaron, mi miembro se endureció mientras ella me echaba una monumental bronca. Menos mal que estaba sentado. Y en cuanto La Loba de Wall Street dio un golpe de melena y me dejó clavado en la mesa del restaurante, lo supe.

Era ella. Mi futura esposa.

CAPÍTULO 3

ROSE

—¿Cómo me iba a perder una reunión del comité de emergencias? —preguntó Erin—. Y menos cuando has dejado caer el nombre de Evan Cargill en la conversación como si nada.

Erin había tenido la delicadeza de hacer una pequeña pausa en su intenso romance con Davies para atender mi pequeña crisis en la *suite* que supuestamente compartíamos. Ella dormiría ya todas las noches en el palacio anexo de Luke.

—No me puedo creer que Cargill haya escogido precisamente este hotel entre todos los que hay en este condenado archipiélago —dije.

—¿Qué vas a hacer al respecto? —me preguntó Erin.

—¿Qué crees que debería hacer?

—Nada. Creo que deberías seguir tomando el sol y contemplando el horizonte mientras alguien te sirve una piña colada. Una tras otra.

—Se avecina algún tipo de desastre, estoy convencida.

—Yo, en cambio, opino que es el momento perfecto para que solucionéis vuestras diferencias. Tal vez Luke lo conoce. ¿Quieres que le diga...?

Ignoré su atrevimiento.

—¿Qué demonios hace aquí? Además, Cargill no es conocedor del concepto "vacaciones". Dudo que haya descansado en su vida.

—Habrá venido por negocios, entonces.

Erin me lanzó una de sus miradas sospechosas.

—Te veo un poco agitada -dijo—. ¿Es solo por aquel desafortunado desencuentro que tuvisteis en el restaurante?

—Le canté las cuarenta. No sé si lo llamaría desencuentro.

—¿Y él qué te dijo?

—Nada. Asintió y murmuró una disculpa. Totalmente insincera, por supuesto.

—¿Insincera? Déjame ese teléfono móvil que tenías escondido en el neceser.

Le lancé el móvil sobre la cama. Erin lo cogió y tecleó a toda velocidad.

Me mostró una foto de Evan en la pantalla.

—Mi némesis —dije.

—¿Este es tu némesis? Es muy guapo.

—¿Y? ¿De qué le sirve a nadie ser guapo si resulta ser tan arrogante que ninguna mujer en su sano juicio, ni ningún hombre, antes de que puntualices, se acercaría a él? Es uno de los mayores tiburones de Manhattan, y créeme que conozco a unos cuantos.

Erin se levantó. Supongo que se había cansado de oír mis lamentos fundados.

—¿Qué te parece si nos vamos al spa? Un buen tratamiento relajante, ¿qué opinas?

—¿Y Luke?

—Luke tiene trabajo. Y además, también quiero pasar tiempo contigo. Ya lo veré esta noche.

Tal vez no era mala idea. A lo mejor flotando en un *jacuzzi* se me pasaba el disgusto y el tormento. Realmente, ¿era para tanto? ¿Por qué aquel hombre me provocaba una reacción tan básica y primaria? Erin tenía razón, era bastante atractivo a pesar de sus aires de superioridad, pero la única vez que nos habíamos visto, cuando le dije claramente lo que opinaba de él y de sus métodos, mi cabreó nubló cualquier opción de fijarme en él...en ese sentido.

Lamento decir que mi indignación repentina, pese a estar de vacaciones, se debía al súbito calor que había sentido cuando lo vi bajar de su helicóptero con aquella ridícula camisa, totalmente ajeno al bochorno que provocaba su disfraz de persona relajada.

A mí no me engañas, Cargill. Tú jamás te relajas.

Esa frase exacta era la misma que había salido de mi boca antes de abandonarlo en el restaurante, con un golpe de melena y sin posibilidad de réplica. Debió pensar que era una auténtica niñata. Yo, en cambio, lo llamo "genuina impulsividad", algo que de verdad me gustaría corregir con el tiempo pero que por el momento me provoca una intensa satisfacción.

En el momento. Después siempre pido que se me trague la tierra.

Supongo que ser casi una recién llegada al mundo de las finanzas y haber conseguido lo que yo en tan poco tiempo suele poner en guardia a gente como Evan Cargill.

Dios mío, nunca iba a poder reconocer lo mucho que en el fondo me atraía.

La única explicación a cómo me sentía, al motivo por el que necesitaba urgentemente una sesión de spa, era que empezaba a ser consciente de haber fantaseado demasiado con la posibilidad de que Evan Cargill y yo acabásemos en una cama.

Una cama.

Una noche.

Y en el Hotel Paradiso había centenares de camas.

Y centenares de noches también.

Dios mío, me sentía sucia con solo pensarlo. ¿Sucia? No, me sentía digna de ser castigada. *Una buena penitencia es lo que necesitas, Rose Wall.*

Erin y yo recorríamos el vestíbulo principal en dirección al spa del hotel. Me había quitado el caftán que me daba un aspecto de "divorciada alcohólica", según Erin —aunque la verdad, era comodísimo y tenía varios de distinto color en mi maleta—, y me había puesto un vestido blanco que resaltaba mi incipiente bronceado.

Fue entonces cuando oí una voz que me llamaba.

—¡Miss Wall!

Solo alguien joven y muy desubicado me llamaría Miss Wall.

Me giré. Era Kayla, la recepcionista. Me hizo un gesto con la mano para que me acercase a su mostrador.

Erin me acompañó.

—¿Esa chica vive ahí expuesta las veinticuatro horas? —susurró.

—No —dije—. Yo también me lo preguntaba. Pero aunque sea omnipresente resulta que solo está ahí unas siete u ocho horas al día. Y ni siquiera permanece todo el tiempo tras el mostrador de recepción. Ella solo se ocupa de las admisiones, cuando llega un nuevo barco...Hace más cosas en el fondo. Ayuda a Ellen.

—¿Cómo sabes todo eso?

Me encogí de hombros.

—Tiempo libre, supongo. Además, Kayla no es alguien a quien se le dé especialmente bien mantener la boca cerrada.

Erin me miró alucinada.

—Veo que tienes el territorio bien controlado.

—Yo sí. Quien debería tenerlo controlado eres tú, que dentro de poco lo gobernarás con mano de hierro.

Erin se rió y me dio un suave empujón.

—Cómo te pasas.

—Tal vez, pero nunca olvides mi capacidad premonitoria.

—No la olvido. De hecho deberías aplicártela a ti misma y pasar definitivamente de Cargill. No puedo creerme que pienses una tontería así vaya a arruinar tus vacaciones. De hecho...

—Qué.

—No, nada.

—¡¿Qué?!

—Si no fuese porque sé muy bien que no lo soportas diría que te gusta. Yo de ti aprovecharía que estamos en un entorno retornado y neutral para...

—Sí. Ya. Limar asperezas. No me apetece, gracias.

Llegamos al mostrador. Kayla se quedó mirando a Erin, como si tuviese que decirme algo en privado y esperase a que ella se apartara discretamente. Qué poco la conocía.

—¿Recuerdas al chico de esta mañana? —me preguntó.

Aquella *millennial* me llamaba Miss Wall pero luego me tuteaba como si fuese su compañera de pupitre.

—No. Qué chico.

—El del helicóptero.

—El señor Cargill. ¿Qué pasa?

—Me ha preguntado si te podía dejar una nota en recepción. Es decir, una nota para ti.

—¿Una nota?

Kayla asintió.

—Bien, dámela.

—No, no la tengo. Es decir, aún no me la ha dado. Solo mencionó la posibilidad de dejarte una nota, pero no sé exactamente qué quiere decirte.

¿Qué problema tenía Kayla? ¿Le había dado una insolación mientras montaba guardia hasta que llegase el helicóptero? ¿Una nota? ¿De Cargill?

—Disculpa, Kayla, tendrás que explicármelo un poco mejor.

La recepcionista tomó aire.

—Evan Cargill ha mencionado tu nombre mientras lo acompañábamos a sus habitaciones. Ha dicho que te conocía y que estaría interesado, ya que estabas aquí, en saludarte personalmente.

¿El suelo de mármol se había convertido en mantequilla o es que de repente me estaban temblando las rodillas?

—¿Perdón? Él...¿se acuerda de mi nombre?

—Lo sabe a la perfección. Rose Wall, así tal cual salió de su boca. Y también sabía que estabas aquí alojada. Cosa que no ha hecho demasiada gracia a Ellen, que a veces piensa que esto es una clínica de desintoxicación para gente que necesita estar tranquila y...

Viendo mi parálisis, Erin creyó oportuno interrumpir la conversación.

—Es decir, a ver si lo entendemos. Cargill ha preguntado por Rose. Ha mencionado que estaba al tanto de que se alojaba en el hotel y te ha dicho que te dejaría una nota...que no tienes.

—Exacto.

Erin me miró, esperando mi reacción.

—Bueno —empezó a decir Kayla.

—Qué.

—Ahora mismo no sé si dijo que dejaría una nota o que dejaría nota de que ha preguntado por ti —soltó la recepcionista mientras cogía el auricular del teléfono que tenía más cerca—. Hagamos una cosa, me comunico con él y salimos de cualquier duda.

—¡No! —exclamamos Erin y yo a la vez.

Kayla colgó el teléfono, espantada.

—Hagamos una cosa —repetí yo—. Dime dónde se aloja y yo misma pasaré a saludarlo.

Me miró como si hubiese dicho una barbaridad.

—Me parece que no podemos revelar...

—Oh, venga ya, Kayla. Sí que puedes. Él te preguntó por mí, ¿no?

—En cualquier otra circunstancia te pasaría la información sin dudarlo, pero me consta que el señor Cargill es un huésped especial. Bueno, no hay más que ver su espectacular llegada hace un rato.

—¿Y? ¿Quieres decir que debido a su condición de ricachón tiene más derecho que yo a la privacidad?

—Si quiere puedo pasarle una nota con su número de suite.

¿Cargill en mi habitación? ¿En un lugar en el que había una cama gigante, demasiado grande para mí sola? *Muy mala idea, jovencita Kayla.* Y además, ¿por qué de repente me trataba de usted?

Cogí una de las tarjetas de visita del hotel. Le quité el bolígrafo que sostenía entre los dedos y le indiqué:

—Apúntame ahí su número de habitación, querida. Eso es. Gracias.

CAPÍTULO 4

EVAN

Me despedí de Rick Shaw en la terraza privada de mi *suite*, después de tres horas de intensa reunión. A pesar de que había ido bien y sentía que teníamos un buen negocio entre manos; noté el intenso vacío en cuanto se marchó. Me dijo que estaba allí con su esposa y que habían decidido quedarse un par de días más en Bahamas, aunque cambiarían de isla al día siguiente.

—Lisa y yo nos sentiríamos muy honrados si nos acompañas a cenar, Evan —me dijo en la puerta de la *suite*, antes de perderse por el pasillo.

—Gracias, Rick. Tal vez te lo cambiaría por el desayuno de mañana, si seguís por aquí. He de hacer unas llamadas importantes y no tengo la menor idea de cuánto tiempo me ocuparán.

Era una burda excusa, claro.

Siempre he de hacer llamadas importantes, pero no tengo problema en posponerlas si es por un buen motivo.

El tema era que cenar con Rick y Lisa sería una prolongación de nuestra jornada de trabajo; y desde que había llegado al Hotel Paradiso, hacía ya más de veinticuatro horas, no había podido dejar de pensar que Rose Wall se encontraba en algún lugar, dentro de aquellas paredes.

El verdadero motivo por el que me había molestado en subirme al maldito helicóptero.

Y sin embargo me había visto atrapado en aquella interminable reunión con Shaw que al final se había extendido durante toda la mañana y parte de la tarde.

Triste, Cargill, pensé.

Me asomé de nuevo a la terraza y observé la bonita playa de White Meadows. Cuando se te presenta todos los días delante de ti de una forma u otra, la belleza empieza a convertirse en la norma. Pero aquel paisaje te robaba el aliento.

Lo bueno de aquella *suite* era que apenas tendría que dar diez pasos si quería darme un baño en aquel mar perfecto. La terraza tenía una escalera de acceso a una pequeña cala privada

Estaba a punto de darme la vuelta y comprobar si había tenido la suficiente claridad mental para guardar un bañador en mi maleta —no estaba tan seguro de ello—, cuando un fuerte objeto golpeó mi cabeza.

Oí un ruido sordo.

Ploc.

Instintivamente me llevé las manos a la frente y entonces pasó.

Mi punto débil.

Un pequeño torrente de sangre que manaba de mi ceja y que se transfirió a mis dedos.

Y entonces el cielo azul brillante se volvió negro y caí como un plomo sobre el suelo de madera de la terraza. Me desmayé. El tiempo se convirtió en un parámetro desconocido. Oía una lejana voz femenina que repetía mi apellido.

Cargill.

Cargill.

Despierta.

Y al entreabrir los ojos pensé que el golpe había sido mortal y que un ángel me daba la bienvenida a la nueva dimensión.

Pero no era un ángel. O al menos no un ángel celestial de los que te recibe al otro lado cuando atraviesas el túnel. De hecho era tal vez un bellísimo demonio. Era Rose Wall, con gesto serio y circunspecto, sosteniendo un *frisbee* de plástico en las manos y la cabeza apoyada en la barandilla del balcón.

ROSE

Oh, no.

Oh.

No.

Nos hemos cargado a Cargill.

Mentiría si dijese que parte de mí no estaba a punto de partirse la risa y el regocijo, a punto de aplaudir la excelente puntería, pero cuando vi cómo se desplomaba a cámara lenta en su terraza quise correr en sentido contrario y enterrarme en la arena.

No podía creer que se hubiese desmayado. Había visto cómo el *frisbee* que llevaba veinte minutos lanzándome con Kayla durante su hora del almuerzo se perdía entre dos palmeras y aterrizaba en la cabeza de alguien. Una pesadilla.

Cuando corrí en la arena para recuperar el disco y disculparme con el afectado por nuestro inocente ímpetu casi me desmayo yo también al comprobar de quién se trataba. Para ser exactas, el disco letal había sido lanzado por Kayla, pero al ver su cara de terror me adjudiqué el ataque. Tampoco era plan de que fuese reprendida por derribar al huésped más exclusivo del hotel, o de que perdiese su trabajo por un pequeño divertimento.

Al ver que se había abierto una pequeña brecha sobre su ceja, Kayla desapareció en busca del enfermero de guardia del hotel.

—Quédate tú con él —me dijo, asustada—. A ver si logras que se despierte.

Se marchó corriendo antes de que tuviese tiempo de protestar. Observé a Evan a través de la balaustrada, y después decidí que era mejor saltar la barrera que nos separaba y acceder a su terraza *deluxe* para intentar reanimarlo.

Me arrodillé a su lado y le di unos golpecitos en el rostro. ¿Cómo era posible que se hubiese desmayado? Le había caído encima un trozo de plástico, no una roca, por el amor de dios. Kayla no tenía tanta fuerza.

Miré a mi alrededor, buscando algo con lo que detener aquella pequeña hemorragia sobre su ceja.

—Espera aquí un momento —le susurré, a pesar de que seguía inmóvil e inconsciente.

Sí, claro, como si fuera a moverse.

Abrí la puerta corredera del balcón y entré en la *suite*. Fui al baño a buscar alguna de las toallas auxiliares; pero no pude evitar echar un vistazo al orden extremo dentro de aquella estancia. Era una habitación palaciega, bastante más espectacular que la mía y de Erin.

Había una enorme mesa de cristal con un ordenador portátil y un montón de papeles. Dios mío, era cierto que aquel hombre trabajaba a todas horas. ¿En serio no era capaz de tomarse unas vacaciones? Si él trabajaba constantemente, incluso en lugares como el Hotel Paradiso, cómo iba yo, alguien que regularmente se toma días libres por "salud mental" competir con él en el ámbito de las finanzas de Manhattan?

Cogí la primera toalla limpia que encontré y me apresuré de nuevo a regresar junto al accidentado. Me arrodillé a su lado y presioné la herida con la toalla. En ese momento sus ojos se entreabrieron.

—Rose —murmuró.

Era cierto. Aquel hombre sabía muy bien quién era. Era capaz, incluso en aquellas circunstancias, de relacionar mi nombre y mi cara.

El día anterior había decidido no ir a su habitación, no llamar a su puerta a pesar de que Kayla accedió a decirme dónde estaba. No tenía mucho sentido, y Erin me dio la razón. Era él quien había preguntado por mí y por alguna razón, algo a última hora le había hecho cambiar de idea.

No sabía qué pensar acerca de aquel encuentro, tan lejos de nuestro territorio, de nuestro campo de batalla habitual. ¿Era todo una gran casualidad? Si era así, ¿cómo había logrado el universo reunirnos de una manera tan intensa y catastrófica?

Aparté la toalla para ver la herida.

—¡No! No me enseñes la sangre porque si no...

Y así, con la visión de una simple mancha roja proveniente de su propia herida, Evan Cargill se desmayó de nuevo.

Vi a lo lejos cómo Kayla regresaba corriendo por la playa, acompañada del enfermero.

Treinta segundos más a solas con él.

Observé su rostro perfecto e inconsciente, totalmente al margen de su habitual arrogancia y seguridad.

Treinta segundos.

Podía besarlo y nadie lo sabría jamás. Ni él mismo. Podría saber lo que se sentía si...

No lo pensé dos veces.

Tal vez se me fue completamente la cabeza.
Puede.
Me incliné sobre él y presioné mis labios sobre los suyos.
Algo explotó dentro de mí.
Cargill no se inmutó.

CAPÍTULO 5

ROSE

Evan Cargill y yo nos quedamos solos en su habitación. Tenía una bolsa de hielo en la cabeza y me observaba mientras buscaba las palabras apropiadas. Jamás habría esperado verme en esa situación, sentada en el sofá de su *suite,* en bañador y falda corta, acusando cierta desnudez; avergonzada por lo sucedido e incómoda ante la incomodidad de él.

Y sin embargo Evan había insistido en que me quedase porque "deberíamos hablar".

—Tengo fobia a la sangre —murmuró—. No es la primera vez que me desmayo. Y no será la última.

El enfermero de guardia del hotel le había aplicado dos puntos de sutura en la herida, que al final no revestía la gravedad que sugería el desmayo de Evan.

Evan.

De repente era como si la sangre —y su absurdo desvanecimiento— lo hubiese humanizado. Empezaba a contemplar la posibilidad de llamarlo por su nombre de pila en lugar de su apellido. Había ido demasiado lejos besándolo cuando estaba inconsciente, pero estaba convencida de que él no se había dado cuenta. A esas alturas ya habría dicho algo al respecto, y yo siempre podía argumentar que estaba tratando de reanimarlo.

El boca a boca.

¿Creíble? No mucho, pero era la única excusa de la que podría echar mano.

En cualquier caso estaba allí, vestida con un bañador azul marino y una falda corta de flores amarillas que en realidad representaba mi única alternativa diurna al caftán. Con muy buen juicio lo había dejado aparcado en el armario esa mañana, pensando que necesitaba un atuendo algo más deportivo para ejercitarme un poco junto a la orilla.

Evan estaba al lado de la nevera, sosteniendo el hielo y mirándome con el ojo que le quedaba libre. Solo llevaba puesto un bañador. ¿Cómo podía mantener esa marcada musculatura si siempre estaba trabajando?

—Siento que tuvimos un desencuentro aquel día en el restaurante —dijo.

—Desencuentro es una manera suave de llamarlo. Más bien irrumpí allí como una energúmena para decirte de todo menos bonito. Aunque, sinceramente, te lo merecías.

Evan se rio. Dejó el hielo sobre la mesa de la cocina y se acercó un poco, pero no se sentó. Eso me incomodaba un poco. Era como si en la conversación no estuviésemos al mismo nivel.

Así que me puse en pie. Y en ese momento, él se dejó caer en uno de los grandes —y a todas luces carísimos— sillones de piel. ¡Que nadie me diga que no es odioso! Y sin embargo, odiaba ese pensamiento cruzado que intentaba apartarme de mi discurso oficial; el de la profesional ultrajada y traicionada que pone en su sitio a uno de sus grandes rivales.

La que no se deja pisotear.

¿Y cuál era el pensamiento?

Lo que en realidad me apetecía hacer.

Sentarme sobre sus caderas, una pierna a cada lado, y volver a besarlo. Pasar los dedos por el pelo humedecido por el hielo. Esperar a ver qué hacía con sus manos, y conmigo encima de él.

—Ayer iba a ir a buscarte —me dijo—. Sabía que estabas aquí, pasando unas...vacaciones improvisadas. Pero al final pensé que no era una buena opción. Que no era apropiado molestarte.

—Esa es otra. ¿Cómo demonios te has enterado de que estaba aquí, Cargill?

Sonrió satisfecho. No por su perfecta red de contactos y chivatos, sino porque era consciente de que estaba sacándome de mis casillas de nuevo. Y eso que yo había acudido allí en son de paz, a socorrerlo, y en cuanto se desprendió del hielo —que debió congelarle parte del cerebro— volvió a su habitual condescendencia.

—Porque me encantas, Rose. Quiero saberlo todo de ti.

Tenía la boca entreabierta, dispuesta a atacarle de nuevo, y aquellas nueve palabras me la cerraron al instante. Intenté dilucidar si estaba bromeando, si había algún rastro de ironía o de cinismo en su tono de voz. Pero no lo conocía tanto. Solo sabía de su talento con las finanzas y del efecto que provocaba en mí, una mezcla irracional de ira y deseo.

Me quedé muda.

Di un paso hacia él. Seguíamos sin estar al mismo nivel.

Entonces Evan se levantó, salvó nuestra distancia y me agarró por la cintura. Me atrajo hacia su torso desnudo y me besó.

—Arriesgado —murmuré.

O no tanto, porque cada centímetro de mi cuerpo reclamaba su tacto. Y él probablemente se había dado cuenta en cuanto nos quedamos solos. Por si acaso, me lo dejó más claro.

—¿Arriesgado, Rose? Yo nunca tomo riesgos innecesarios.

Me sobraban las palabras. Me sobraba nuestro incesante enfrentamiento. Necesitaba desesperadamente una tregua y tal vez solo la podíamos obtener de forma silenciosa, mientras nos entregábamos el uno al otro. Paseé las manos por su pecho liso, duro como un yunque.

—Antes me has besado —me dijo, mientras apartaba el pelo de mi cara con sus dedos—. Cuando estaba inconsciente en la terraza. O tal vez no tan inconsciente. ¿Crees que no me he dado cuenta?

—Estaba comprobando si respirabas, Cargill.

¿Cuánto se atrevería?

—Prefiero que lo hagas ahora, o siempre que esté cien por cien consciente. Lo de besarme, quiero decir.

Desde que lo vi bajar de ese helicóptero me asaltaba un pensamiento recurrente. Quería que Evan me poseyera sin demasiados miramientos, quería darle acceso total a mi cuerpo y a mi intimidad. Y quería que me agarrase del pelo con fuerza y me hiciese suya. Que me reclamase para sí mismo.

Su boca estaba sobre la mía otra vez. Esa vez el beso era algo más suave, se recreaba en cada segundo, profundizado con calma. Mi cuerpo respondió presionándose de nuevo contra el suyo. Noté su dureza a través del bañador. No pude evitar llevar la mano hasta su polla y palparla a través de la tela. *Así que él también está respondiendo*, pensé. ¿Era solo una simple reacción física? ¿O lo deseaba tanto como yo?

Olía bien, una mezcla sutil de *aftershave* y protector solar. Inhalé su cuello mientras sus manos buscaban los límites de mi traje de baño. Respirar cerca de su hombro me asfixiaba y me resucitaba al mismo tiempo.

Sus manos sabían muy bien lo que hacían. Empezó a acariciarme entre las piernas, sobre la tela resbaladiza del bañador. Nadie me había tocado así jamás. Noté cómo descendía un torrente acuoso en mi interior. La temperatura aumentaba en mi cuello y en la nuca.

—Qué calor— susurré.

Evan estiró la mano, cogió el mando del aire acondicionado y lo puso en marcha.

—¿Mejor?

Después pasó el mismo mando entre mis piernas.

Me agarró de la cintura y me dio la vuelta, y mientras yo seguía palpando su creciente excitación, introdujo sus dedos debajo de la tela. Gemí, dejándome llevar. Aquello era demasiado para mí.

—¿Te gusta? ¿Era esto lo que querías, Rose?

—Sí.

—¿Desde cuándo? ¿Desde cuándo lo deseabas?

Desde el día en que lo vi en aquel restaurante. Tal vez mucho antes, no lo sé. ¿Estaba dispuesta a confesárselo?

—Desde que te he visto —susurré.

—Desde que me has visto cuándo, Rose.

Disfrutaba torturándome.

Y lo peor era que yo también.

Evan interpretó entonces mi silencio. Recogió mi melena dentro de su puño y me arrastró suavemente hacia el sofá de piel blanca. Hizo que me inclinase sobre el respaldo y se colocó detrás de mí.

Dios mío, pensé. *Ni siquiera se va a molestar en llevarme a la cama.*

CAPÍTULO 6

EVAN

Me moría de ganas y de anticipación. Estaba deseoso de tenerla bajo mi cuerpo, inmóvil. Por una vez, sumisa y callada, a mi merced; porque era imposible que Rose Wall se presentase así en cualquier otra circunstancia. Era demasiado orgullosa y valiosa como para dejarse intimidar por alguien como yo.

Y sin embargo estaba disfrutando de cada segundo de su deliciosa entrega. La coloqué detrás del sofá e hice que se inclinase hacia delante, sobre el respaldo. Mi escandalosa erección empezaba a inquietarme, a quemarme. Palpitaba, como mi herida recién suturada.

Me arrodillé tras ella y busqué la humedad de su bañador con mi lengua. Lamí la prenda de *lycra*, buscando el lugar exacto que la hizo gemir de nuevo, un pequeño montículo que se reveló a través de la tela, un punto que se oscureció enseguida, por su humedad y por la mía.

Me recreé en esa delicia. Presionar ahí, con mi lengua y después con la yema de mis dedos hizo que Rose se revolviera. Me estaba perdiendo su rostro, pero tenerla allí inclinada, con su coño a dos centímetros de mi cara, reclamando toda la atención que pudiese darle, era algo demasiado irresistible.

Cuando sus movimientos empezaron a incrementar su ritmo entendí que tendría que sujetarla.

—Quieta, Rose.

Agarré sus caderas.

Se calmó. Un poco. Sabía que sería momentáneo, solo hasta que notase lo que tenía para ella.

Mi propia erección empezaba a ser molesta, necesitaba ya entrar en ella; pero valía la pena si eso hacía que el deseo de Rose fuese en aumento. La idea de hacerla esperar, de hacerla suplicarme me encendía aún más. Hacía mucho tiempo que no estaba tan excitado.

Aparté por fin la tela de su bañador y lo coloqué a un lado, siguiendo el cauce de su ingle. Iba a dejarle una marca, pero no quería quitárselo. No todavía.

—Te he esperado tanto tiempo, Rose. He esperado que vinieras a mí y que inclinases así tu espalda para dejar que te lamiese y que te diera lo que mereces.

Hundí de nuevo la lengua en su carne y saboreé los deliciosos jugos que resbalaban por la cara interna de sus muslos. Su cuerpo no mentía, me acogía deseosa con cada pequeño movimiento.

Paseé la punta de mi lengua por su entrada arriba y abajo. Rose gimió más fuerte y se agitó de nuevo. Coloqué las manos sobre sus caderas para inmovilizarla y me hundí en ella, me perdí en sus pliegues, bebiendo de aquel exquisito manantial.

—¡Por favor!¡Oh, dios! —gritó entonces.

Noté que estaba llegando al clímax.

Me aparté un segundo.

—Madre mía, Rose Wall. Si no hemos hecho más que empezar. ¿Ya vas a correrte?

—¡Sí! —gritó.

Sonreí satisfecho. Aquella mujer se deshacía con mis manos y mi lengua. Y no iba a esperar mucho más para darle lo que más ansiaba. Necesitaba ya sentir su carne apretando mi polla, entrar en su cuerpo y hacerla mía de una vez por todas.

Dejé la mano derecha entre sus piernas y la masajeé rítmicamente. Me puse de pie tras ella y la obligué a incorporarse. Besé su cuello mientras gemía, mientras se deshacía entre mis brazos.

—Eso es —le dije.

Me encantaba guiarla, darle órdenes. Darle permiso. Mostrarle el camino en línea recta hasta el máximo placer.

Como si te lo hubiera pedido, Cargill.

Hacía ya demasiado tiempo que estaba obsesionado con aquella mujer, con el aura magnética que desprendía. Con la rivalidad que se había erigido entre nosotros. Podíamos ser un equipo si nos lo proponíamos, podíamos sincronizar nuestros movimientos a la perfección. La prueba viviente estaba ante mis ojos.

Me liberé por fin de mi bañador, que cayó al suelo en un suspiro. Mientras ella se agitaba entre mis brazos tratando de controlar su potente orgasmo deslicé los tirantes del suyo y me deshice también de él. Lo lancé contra una de las caras láminas serializadas de Basquiat que colgaban en la pared principal de la *suite*.

Coloqué de nuevo la mano entre las piernas de Rose y le indiqué que las separase. Mi polla se colocó en aquel hueco. No le iba a dar ni un segundo de descanso. Aquella mujer estaba hirviendo de deseo y yo iba a satisfacerla. Tal vez, igual que yo, Rose había fantaseado desde hacía tiempo con aquel encuentro, o tal vez era la brisa caribeña la que había hecho que se desinhibiera sin importarle lo que yo pensara.

Y eso era perfecto.

Me recreé unos instantes en sus ojos cerrados, en su boca suplicante y en la forma en que sus dedos me buscaban, me atraían para que no estuviese demasiado tiempo lejos de ella.

Rose se inclinó de nuevo, ofreciéndome su cuerpo.

El refugio perfecto.

Mis vacaciones perfectas.

Iba a quedarme allí con ella, en ese paraíso, todo el tiempo que quisiera. ¿Me permitiría dormir con ella, abrazarla por las noches; o me estaba utilizando para su propia satisfacción? En cualquier otra circunstancia, con cualquier otra mujer, lo segundo no me habría importado en absoluto.

Y sin embargo reconocí que tratándose de Rose Wall aquello me destrozaría.

Agarré mi pene por la base y lo coloqué en su entrada. Observé su reacción. Rose inclinó el cuerpo hacia atrás, buscándome. Así lo quería, en toda su crudeza. Lo estaba deseando. Agarré sus pechos con mis manos y empecé a penetrarla. Dejó escapar un grito revelador, me sonaba a alivio y a dolor, y a pérdida absoluta de control.

Pensé en llevarla de inmediato a mi gigantesca cama, pero no. No podía aguantar mucho más. Ya habría tiempo para envolverla en mis sábanas. Me recreé en la increíble sensación de poseerla, de embestirla y arrancarle un suspiro detrás de otro.

Todo el tiempo que ella quisiera.

Segundos, minutos, horas.

Había encontrado mi lugar en el mundo y no era la playa de White Meadows. Era Rose Wall. Aquella mujer era mi hogar desde ese mismo instante. Lo supe en el momento en que se incorporó de nuevo, nos fundimos en un abrazo desesperado y perseguí nuestros orgasmos con desesperación.

Rose enterró sus dedos en mi pelo y dejó escapar un grito que anticipaba el éxtasis.

—Evan. ¡Evan!

Se agitó de nuevo entre mis brazos, esta vez con espasmos más fuertes e intensos.

Era la primera vez que no me llamaba por mi apellido. Algo había cambiado entre nosotros para siempre. Rose y yo habíamos traspasado el punto de no retorno; y mientras yo alcanzaba mi propia cima y caía desplomado sobre sus pechos y su cuello; y ella me acogía, fui consciente del terror que me producía que aquello fuera un oasis.

Un espejismo.

La abracé en silencio hasta que nuestro ritmo cardiaco se ralentizó, mortificándome porque no era capaz de decirle que no, que "encantar" no era la palabra exacta.

No me encantas, Rose.

La realidad era que me había enamorado de ella en el momento en que se había plantado delante de mí en aquel restaurante y me había dejado bien claro cuánto me odiaba.

CAPÍTULO 7

ROSE

Erin levantó el enorme sombrero de paja con el que se protegía del sol caribeño. Era el día seis de nuestra particular luna de miel. Y yo estaba tumbada en la hamaca a su derecha, en el club de playa del Hotel Paradiso. Habían pasado unos días desde mi primer encuentro con Evan en su *suite*. Y la cosa, como sospechaba, había ido a más.

—Las vacaciones por ahora bien, ¿no? —dijo Erin.

—¿Tú me lo preguntas? Apenas te he visto el pelo, querida. A ti las vacaciones no te van nada mal.

—Y a ti tampoco. De todas formas, desayunamos y cenamos juntas la mayoría de días.

—Tú has encontrado aquí a tu alma gemela —le dije—. El universo ha corregido su error catastrófico y ha puesto a Luke Davies en tu camino. Yo en cambio, me temo que he metido la pata hasta el fondo.

—El único error que veo es que estamos ocupando una habitación en la que ninguna de las dos dormimos —contestó Erin—. Eso sí que es un triunfo. Pero, aún no me has contado gran cosa. ¿Qué tal con Cargill?

—Bien —murmuré.

Me recosté de nuevo en la hamaca, ocultándome bajo las gafas de sol. Erin no se iba a dar por vencida tan fácilmente:

—Rose, escucha, sé que es un tema del que no te gusta mucho hablar y que eres alguien muy privado, pero has de contarme qué está pasando.

Erin estiró el brazo y levantó mis gafas de sol.

—Rose.

Era obvio que iba a encontrarse con mis lágrimas, acumulándose en la base de mis ojos, pugnando por salir.

—¡Dios mío, Rose! ¿Vas a contarme qué ha pasado?

Se incorporó rápidamente y se sentó en la hamaca, encarando mi tristeza.

¿Por dónde empezar?

Erin me cogió las manos, obligándome a imitar su postura.

—He pasado las dos últimas noches con Evan, en su *suite*, después de cenar —dije—. Todo ha sido perfecto, muy intenso. Me dije a mí misma que tenía que dejar aparcadas nuestras diferencias laborales. Que aquí estábamos en otro mundo. Decidimos disfrutar de estos días juntos, a pesar de que él no sabía exactamente cuánto tiempo puede quedarse en Bahamas. Y esta mañana metí la pata hasta el fondo, Erin. Y me di cuenta que jamás será posible. Que lo que siento por él no puede tener posibilidades reales ahí fuera.

Señalé hacia el horizonte. Me refería a Nueva York, por supuesto. Nuestra casa. Nuestro mundo real.

Vi el colapso en el rostro de mi amiga. Ya está. ya lo había dicho. Había reconocido lo evidente.

Lo que siento por él.

¿De verdad pensaba que iba a poder reducir mis sentimientos a unos días de vacaciones? ¿Que iba a subirme al barco que me sacaría de aquella isla y dejar mi historia con Evan Cargill en esta playa, como si nada hubiese pasado?

No iba a ser posible.

—Rose.

Me ajusté de nuevo las gafas de sol y proseguí mi relato:

—Me desperté feliz entre sus brazos esta mañana. Si nuestra cama doble es gigante, la suya es colosal. Del tamaño de una habitación. Acababa de amanecer, era muy temprano. Tal vez las siete. Me escurrí entre las sábanas y fui al baño. Después deambulé un poco por el salón. Supongo que inconscientemente sabía que Evan tenía habilitada allí su zona de trabajo. Aunque en los últimos días ha bajado el ritmo. Apenas revisa su correo un rato por la mañana. El resto del día lo pasamos juntos, bañándonos en el mar o practicando buceo.

Erin asintió. Me escuchaba atentamente.

Proseguí:

—Su ordenador portátil no estaba cerrado del todo. Así que me acerqué a él, abrí la pantalla y deslicé el dedo por encima del ratón. Al instante saltó su bandeja de correo electrónico. Y reconocí al instante el nombre del remitente del último e-mail que había entrado. Blake Montfort.

Ahogué un sollozo.

No podía entender cómo había permitido que aquello me afectase tanto.

—¿Quién es Blake Montfort? —preguntó Erin.

—Uno de mis mejores clientes.

—Oh, no, Rose. No me dirás que...

Asentí.

—Abrí el e-mail. Le pedía presupuesto a Evan para un nuevo proyecto.

—¿Leíste su correo? Dios mío, Rose...

—Sí, lo sé. No estoy orgullosa de eso. Hice una búsqueda rápida en su bandeja de entrada. Era la primera vez que Blake le contactaba. Eso me hizo sentir horriblemente insegura. Me hizo pensar que Blake no está satisfecho con mi trabajo y de repente pensé que no podría soportar perder otro cliente importante y que se marchara con Evan. Con el hombre con el que estoy durmiendo, Erin. Creo que estoy metida en un buen lío. Y eso no es lo peor de todo...

—¿Aún hay más?

—Borré el e-mail de Montfort de su bandeja de entrada. Es decir, Evan nunca lo verá.

Erin ahogó un grito y acto seguido se llevó las manos a la boca.

—Lo sé. Lo sé todo, créeme —dije—. Pero fue algo totalmente irracional e impulsivo.

—¿Y él no te vio husmeando en su ordenador?

—Evan estaba dormido.

—¿Y entonces qué hiciste?

—Pues... estaba hecha un lío. Lo que hice estuvo mal, pero tampoco podía recuperar el e-mail.

—Vamos, Rose. Debe estar todavía en la papelera. Hay maneras de restaurar ese correo.

Negué con la cabeza.

—Fue una mezquindad en dos actos. Lo borré también de la papelera. Así que no, ahora no tengo forma de recuperarlo.

—¿Y qué vas a hacer?

Erin no me había soltado aún la mano. Yo había estado a su lado en sus horas más bajas y en ese momento —mi drama no podía compararse con pillar a tu prometido siéndote infiel el día antes de tu boda, por supuesto—, sentía que ella estaba conmigo y lo más increíble de todo: no me estaba juzgando. Había hecho algo que estaba mal, que era reprobable y mi amiga se limitaba a escuchar cómo me desahogaba.

Y con respecto a qué hacer, tenía varias ideas, pero ninguna de ellas iba a afianzar lo que había empezado a construir con Evan.

Me había dejado llevar.

Me había entregado a él sin pensar en ninguna consecuencia y me había olvidado de nuestra vieja rivalidad.

—No sé. No sé que voy a hacer —le contesté a Erin.

Aunque para ser sinceros, tenía una ligera idea.

—Solo se me ocurren dos cosas, Rose. Habla con él. Dile lo que ha pasado. Creo que le gustas de verdad y entenderá que ha sido un error. Que te has equivocado.

—¿Y la otra?

—La otra es todo lo contrario. Olvídate de ese e-mail. Olvida lo que ha sucedido. Como si hubiese sido algo que has hecho completamente sonámbula, bórralo de tu mente. Además, si realmente es importante, si está interesado en contratar sus servicios como asesor financiero, Montfort lo contactará de nuevo. O lo localizará a través de su secretaria. Los e-mails a veces se pierden por el camino...

Realmente no. Los e-mails nunca se perdían. De vez en cuando se traspapelaban, se eliminaban sin querer, pero, ¿perderse?

—Creo que ya sé lo que haré —le dije a Erin.

Me miró. Supongo que intuyó que estaba en modo autodestructivo.

—Me vuelvo a Nueva York, Erin.

—¿Cómo?

—No debo seguir con esto. No va a ir a ningún sitio y si continúo aquí con él luego será todo más difícil...cuando regresemos a la realidad.

—Apenas faltan unos días para el final de nuestras vacaciones. No puedes irte y dejarme aquí.

—Te dejo aquí con Luke. Con la mejor compañía posible. Necesitáis pasar tiempo a solas y conoceros. Y yo necesito apartarme de él. Ha sido una mala idea dejarme arrastrar por lo que sentía en lugar de actuar de una forma más fría y racional. Y eso justamente es lo que siempre me ha funcionado.

—¿No hay manera de convencerte?

Negué con la cabeza.

—Creo que la decisión está tomada.

Al final de esa mañana hice la maleta y me desplacé hasta el embarcadero, donde uno de los catamaranes me llevaría hasta Nassau en unas horas. Evan se había ofrecido a quedarse en la isla hasta el final de nuestra estancia y llevarme en su helicóptero, pero obviamente eso ya no era una opción. Me había dicho que esa mañana tenía dos reuniones y que se quedaría en su *suite* trabajando mientras yo tomaba el sol. Y lo vi como un "ahora o nunca". El momento perfecto para escabullirme. Para evitar un dolor futuro, a pesar del dolor presente.

Erin y Luke Davies, el flamante nuevo director del Hotel Paradiso, vinieron a despedirme al muelle de embarque. Y así me alejé de lo que creía que era imposible para empezar a curarme y a olvidar.

Antes de dejar White Meadows pasé por la recepción del hotel y le di un sobre a Kayla. Era una nota para Evan. Me prometió que se la daría personalmente y solo entonces respiré algo más tranquila.

Luego, en el barco, las lágrimas me asaltaron de nuevo mientras me alejaba de él.

CAPÍTULO 8

EVAN

Kayla, la recepcionista, me extendió un sobre sobre el mostrador.

—Al final ha sido Rose quien te dejó la nota —me dijo sonriente, totalmente ajena a mi preocupación.

No sabía exactamente a qué se refería. Pero lo importante era que se trataba de un mensaje de Rose.

Hacía un rato que la buscaba por el hotel. No estaba en la playa, ni en su habitación, ni en ninguno de los salones. Finalmente me acerqué a la recepción. Recordé que cuando estrelló aquel ridículo disco de plástico contra mi frente estaba jugando en la playa con la recepcionista quien, al parecer, tenía un rato libre.

—Gracias, Kayla, pero...¿no te ha dicho dónde está?

Me miró, extrañada.

—Hace un rato que la busco por el hotel —aclaré.

—Oh. Me temo que Miss Wall se ha marchado.

—¿Que se ha marchado? ¿Dónde?

Dudó unos segundos antes de contestarme.

—Creo que a casa.

—¿Cómo que a casa?

—No le he preguntado detalles, señor Cargill. De hecho, ella no necesitaba hacer el *check out* de su habitación, pues la comparte con la señorita Erin y ella sigue aquí...

—Sí, eso lo sé. Pero no puede haberse ido sin despedirse. ¿Cuándo te ha dejado esta nota?

Se encogió de hombros.

—Hará unos cuarenta minutos. Llevaba consigo dos maletas. Y el catamarán ya ha zarpado. Así que seguro que se ha marchado.

Abrí el sobre.

Leí las palabras que me había dejado con una caligrafía apresurada. Casi furtiva.

Evan, he de regresar hoy mismo a Nueva York. Gracias por estos días. Los recordaré siempre. Por favor, contacta con Blake Montfort. Está interesado en tus servicios. Creo que tiene una propuesta para ti. Cuídate. Siento marcharme sin despedirme.

Rose.

Aquella nota fue devastadora. Fue una espada que me atravesó. Y no eran las palabras, eran esos puntos. Ese punto final junto a su nombre.

El punto final de lo nuestro.

Solo que yo no era de los que se rendían fácilmente. Y mucho menos tratándose de Rose Wall. No iba a permitir que se escurriera de mis brazos de aquella manera. No sin que me mirase a los ojos y me dijese con ellos que ella no sentía lo mismo por mí.

Me guardé la nota en el bolsillo.

—Creo que mis vacaciones han terminado —murmuré.

La recepcionista pestañeó. Supongo que no tenía claro que hubiesen empezado alguna vez.

—Dime una cosa, Kayla. ¿Cuánto se tarda en ese barco vuestro hasta el puerto de Nassau?

—Unas dos horas.

—Es decir, ha zarpado pero aún no ha llegado.

—No. Les debe de quedar más de una hora de trayecto.

—¿Mi helicóptero está listo?

—Si lo que me pregunta es si sigue ahí, sí, señor Cargill. No se ha movido del sitio que...

—Perfecto. ¿Puedo pedirte que localices a mi piloto? Debe estar por aquí, en algún sitio. Lo he visto rondando por la piscina, si no me equivoco. Él está al tanto de que ha de estar siempre preparado por si lo necesito. Partimos en veinte minutos. No creo que tardemos más de un cuarto de hora sobrevolando el mar hasta el helipuerto de Nassau.

—Pero no entiendo, ¿se marcha? ¿Ya? ¿Quiere hacer el *check out* de su *suite* en este mismo instante? Porque imagino que hemos de ayudarle a preparar el equipaje y...

—No, Kayla. Solo voy a recoger a Rose a su llegada. Volveremos en un rato. Y si ella no vuelve conmigo... ya nos ocuparemos del *check out*. ¿Seguirás aquí dentro de un par de horas? Puedo llamarte y te cuento mis planes.

—Por supuesto —dijo.

—Muchas gracias, Kayla.

Mientras regresaba a mis habitaciones para coger lo absolutamente imprescindible envié una nota de voz a mi secretaria, Barbara, para pedirle que contactara lo antes posible con Blake Montfort y averiguase qué quería.

Sabía muy bien que era uno de los mejores clientes de Rose. Barbara me contactó enseguida. Me dijo que averiguaría todo lo posible y me devolvería la llamada. *Es urgente,* le dije.

Cuando Barbara me llamó para decirme que Montfort estaba interesado en mis servicios para un proyecto específico en Dubái, yo ya estaba a bordo del helicóptero. Tomé nota mental de lo que me dijo mi asistente, pero yo tenía perfectamente claras mis prioridades de aquel día.

ROSE

Huir, algo que siempre se me había dado bastante bien, no estaba resultando tan terapéutico como esperaba. Al contrario, no había bajado de aquel barco y ya estaba pensando en quedarme anclada al asiento, esperar que se diese la vuelta, y regresar al muelle de White Meadows. Seguro que no era la primera persona que lo hacía.

La culpa y el malestar no me habían abandonado. Tal vez tampoco lo harían cuando llegase a Nueva York. Me esperaba un tortuoso camino en taxi al aeropuerto y después el vuelo de la vergüenza.

Pero estaba decidida a volver al trabajo, llamar a Blake Montfort y pedirle que nos reuniésemos. Despedirme de él en persona.

Mientras abandonábamos el catamarán de forma escalonada, una ventolera agitó mi melena y casi me hizo perder mis gafas de sol, tras la que se ocultaban unos ojos llorosos.

Entonces oí un ruido demasiado familiar.

Unas hélices descendiendo del cielo.

No me lo puedo creer.

Temblé en cuanto lo vi. El helicóptero de Evan. Descendió en una superficie cercana al muelle, un lugar habilitado para ello. No necesitaba mis malditos prismáticos —que, me temía, había dejado olvidados en la habitación con Erin— para distinguir enseguida la silueta de Cargill en cuanto se abrieron las puertas del aparato.

Yo descendía por la pasarela del barco, la última pasajera en bajar, mientras él daba un salto a tierra firme y ya corría hasta el mismo borde del muelle.

—¡Rose! —exclamó.

Salvó la distancia en apenas un minuto y se quedó junto a la pasarela. A la derecha. A la izquierda estaba el personal de tierra de la compañía de catamaranes que efectuaba el trayecto. Y fue Evan quien extendió su mano para darme la bienvenida a Nassau.

Me dio la mano para, un segundo después, agarrarla con fuerza y atraerme hasta sus brazos.

—Mía —dijo.

Me abrazó.

—¿Vas a explicarme por qué te has ido sin despedirte? —me preguntó—. ¿Crees que no iba a ir a buscarte de inmediato?

Busqué el enfado en sus ojos y no lo encontré. Ni el más mínimo rastro. Estaba feliz por estar con él de nuevo, por ser la receptora de un milagro. Dios, ¿me había equivocado por partida doble? *Sí, Rose. Por haber borrado ese estúpido e-mail y por haberte marchado sin decir adiós.*

Una lágrima resbaló por mi mejilla.

—Rose —rodeó mi cara con sus manos.

—Lo siento tanto—dije—. Borré un e-mail de Blake Montfort de tu ordenador. Fue una estupidez y me arrepiento, Evan. Y entenderé perfectamente que no vuelvas a hablarme nunca y que...

Me interrumpió con un beso, y justo después deslizó la punta de su lengua por el camino que había recorrido aquella lágrima fugaz.

—Mi secretaria ya ha hablado con Montfort. Voy a aceptar su propuesta...

¿Era posible que no estuviese enfadado? ¿Que estuviese dispuesto a perdonar mi juego sucio?

—Evan, yo...

—La aceptaré, solo con la condición de que trabajemos los dos en su proyecto. Quiero que formemos un equipo, Rose Wall. Y quiero que vengas conmigo a Nueva York...

—...En ese estúpido helicóptero —dijimos los dos a la vez.

Nos reímos y me abrazó.

La fuerza de sus brazos ejercía en mí un poderoso efecto calmante.

—¿Me disculpas por lo del correo?

—Ya está olvidado, cariño. Además, reaccionaste enseguida y me dejaste un aviso. Fuiste impulsiva, pero honesta. Esa es una cualidad extraordinaria en nuestro mundo. Puede que yo no hubiese actuado así. Y lo sabes. ¿Quieres que volvamos a White Meadows, o nos ponemos manos a la obra con el proyecto de Montfort?

Sonreí.

—Suficientes vacaciones —dijimos los dos.

Pero primero, antes de regresar al trabajo, un memorable beso. Uno de los que no se olvidan. El último en las Bahamas, por el momento. El siguiente sería en nuestro reino de Manhattan.

Nah, ¿quién iba a creerme? El siguiente sería a bordo del dichoso helicóptero.

EPÍLOGO

Tres años después

ROSE

¡En serio! ¿alguien pensaba que escogeríamos otro lugar para nuestra luna de miel? Mientras el helicóptero descendía sobre los terrenos selváticos del Hotel Paradiso mi marido —dios mío, qué raro se me hacía— permanecía a mi lado, intentando cortar una llamada mientras no me soltaba la mano.

—Prométetelo, Barbara. Si hay algo absolutamente urgente me llamarás. O llamarás a Rose.

Le hice un gesto ya para que cortara.

Evan colgó el teléfono y lo lanzó por detrás de nuestros asientos, a la zona donde estaba el equipaje.

—Fuera teléfono.

Nos asomamos a la ventana. Ya veía unos brazos que se agitaban, los de mi querida Erin y, junto a ella, los de Luke Davies. Él llevaba en brazos a la pequeña Rebecca, que había cumplido seis meses hacía tan solo una semana.

En cuanto el helicóptero se posó sobre la superficie y se abrieron las puertas salí corriendo de aquel bicho volador para abrazar a mi mejor amiga. Erin se había instalado con Luke en las Bahamas; y yo me acababa de casar con Evan. ¿Quién nos lo iba a decir hace dos años, cuando llegamos allí para pasar las vacaciones?

Erin me abrazó.

—Nos vemos dos veces en la misma semana, ¡quién nos lo iba a decir! —exclamé.

Por supuesto que mi amiga no se había perdido nuestra boda en Manhattan. Y además me había dado la mejor de las noticias: los Davies abrirían un nuevo hotel muy cerca de Times Square y eso solo significaba que nos veríamos mucho más a menudo.

Luke saludó a Evan. La pequeña Rebecca se echó en los brazos de mi marido en cuanto se acercó.

—Os la regalamos —dijo Davies —. Lo que haga falta para poder dormir de nuevo por las noches.

—Estamos bien, gracias.

Nos reímos.

—Nos espera una cena increíble —dijo Erin, a no ser que prefiráis estar solos.

—¿Bromeas? Apenas tuvimos tiempo de hablar durante la boda. Necesito que me pongas al día de todas las novedades —contesté.

Nos perdimos por los majestuosos pasillos del Hotel Paradiso en dirección a una de sus terrazas. Nos alojaríamos en la *suite* donde todo empezó. Esa vez, sin trabajo, sin ordenadores, sin e-mail. Solos Evan y yo.

Trabajábamos juntos desde hacía dos años. Wall and Cargill Associates era una contundente realidad y teníamos una incesante lista de espera como consultores financieros. Ocupábamos la planta ochenta y dos de uno de los rascacielos más codiciados de Manhattan y, a pesar de que íbamos juntos a trabajar en coche todos los días, Evan y yo manteníamos agendas separadas.

Y el final del día era lo mejor.

Buscarnos cuando las luces empezaban a apagarse en el edificio, salir a cenar, meternos juntos en la cama.

Nos entendíamos y nos queríamos.

Éramos un equipo.

Pero, más allá de la luna de miel, algo que nunca me interesó especialmente, estábamos allí para desconectar y bañarnos en el mar. Tomar el sol, bucear y jugar con mi *frisbee*. Lo conservo, por supuesto, y lo había traído en el equipaje, junto a los prismáticos que me regaló Evan por mi último cumpleaños.

Mientras Luke y Erin nos acompañaban a nuestra espectacular suite me fijé en lo poco que había cambiado. El sofá blanco, el cuadro en la pared sobre el que aterrizó mi bañador. Me invadió el mejor de los *déjà-vus*.

Y al parecer a mi marido también, pues mientras Erin y Luke abrían las puertas de acceso a la terraza, donde ya estaban sirviendo nuestra cena de bienvenida, Evan se acercó y me dijo:

—Ese sofá...me excita con solo verlo. Y cuando nos quedemos solos...

No me dijo lo que iba a hacer. No era necesario, lo sabía perfectamente. En su lugar, me dio un largo y sonoro beso.

El primer beso de nuestras eternas vacaciones en el Paradiso.

¿QUIERES MÁS ELSA TABLAC?

Si te ha gustado esta historia, no olvides echar un vistazo a estas entregas de la misma serie:

LAS VACACIONES QUE NECESITO
EL OCÉANO QUE NOS SEPARA
EL NÁUFRAGO QUE LA SEDUJO

A continuación puedes leer el primer capítulo de la siguiente entrega de HOTEL PARADISO:

EL NÁUFRAGO QUE LA SEDUJO

CAPÍTULO 1

KAYLA

Uno de mis rincones favoritos de White Meadows, un poco más allá de las rocas de Hoover, era la cala de la Sirena Triste. No tenía la menor idea de por qué la llamaban así —nadie en el Hotel Paradiso lo sabía—, pero en cuanto puse un pie en la arena supe que aquel sería mi refugio.

Hacía ya seis meses que trabajaba en la recepción del Hotel Paradiso y había encontrado en aquella isla perdida de las Bahamas mi escondite perfecto. Nadie sabía que estaba allí. Nadie conocía mi verdadera identidad. A partir de ese verano era Kayla Biggs, una chica joven e inocente de Florida que se había tomado un año libre antes de retomar sus estudios. Un año que tal vez se alargaría, si me gustaba la isla y mi empleo en el hotel.

Es muy liberador llegar a un sitio nuevo e inventarse un pasado, una nueva identidad. ¿Lo has hecho alguna vez? Empezar de cero puede ser adictivo. Me gustó tanto crear una nueva "yo" que pensé que tendré que repetirlo pasados unos años. Me *resetearía* cada cierto tiempo. No tenía intención de anclarme a ningún sitio ni a ninguna persona, porque eso, en el pasado, no había funcionado. Había sido un completo desastre.

Y así había acabado allí, en White Meadows, trabajando y aprendiendo junto a Ellen, la gerente del hotel y mi jefa directa. Y todo estaba bien. El Caribe no es un mal sitio para empezar de cero, ¿no crees?

Era un empleo absorbente e intenso. Mi trabajo consistía en asegurarme de que nuestros huéspedes se instalaban en sus habitaciones sanos y salvos. El resto del tiempo me dedicaba a apagar fuegos de todo tipo y a ayudar a Ellen en cualquier cosa que se le ocurriese para mantenerme ocupada.

Eso no significa que no buscase mis espacios y momentos para estar sola.

Y la cala de la Sirena Triste era el sitio perfecto para desconectar. A una media hora a pie del hotel, había que dejar atrás las rocas Hoover y llegar hasta el final de la playa de White Meadows, donde solían concentrarse los huéspedes del hotel.

El club de playa tenía todo lo que necesitaban para no tener que moverse de allí; y lo cierto es que era un sitio espectacular. Los empleados del hotel, obviamente, sí solíamos desplazarnos un poco más o ir a Moxey Town —la localidad más próxima al hotel— en nuestros días libres.

Algunos vivían en aquel pueblo vecino; pero yo me alojaba en una de las amplias habitaciones con cocina del Paradiso. Era mucho más cómodo pero también más inmersivo. Ese era el reverso peligroso: Ellen sabía dónde localizarme a todas horas. Y aunque la jefa respetaba bastante mi tiempo libre, a veces no me quedaba más remedio que echarle un cable cuando acontecía algún desastre.

Pero ese día no. Era mi momento de paz; y estaba a punto de verse alterado —no solo en esa tarde, sino el resto de mis días—, por un extraño avistamiento. Eran las siete y media. Estaba a punto de guardar mis bártulos en mi bolsa de tela. Iba ya a recoger mi toalla, mi gorra, —que ya no necesitaba, pues el sol empezaba a ponerse— y la novela de misterio que andaba leyendo.

Y entonces lo vi. Y tuve que parpadear varias veces para asegurarme de que no era una extraña *fata morgana*, una de esas ilusiones ópticas que juegan con nuestra mente en el horizonte del mar.

Era una rústica barcaza de madera y dentro había un hombre.

Parecía remar con una especie de tronco y diría que su torso estaba demasiado cerca del agua. Calculé la distancia desde la playa hasta aquella inestable y dudosa barca. Dudosa por su consistencia, porque parecía tan endeble que estaba a punto de hundirse. Me acerqué a la orilla, donde las olas rompían. Algo me decía que aquel hombre estaba en serios apuros.

Agité los brazos en el aire en su dirección. Estaba sola en la cala, y juraría que él me había visto, pues remaba en mi dirección y en un instante en que se tomó un respiro elevó su brazo derecho en el aire en señal de respuesta. Pero aún estaba lejos, tal vez a unos trescientos metros de distancia. Me sentí inquieta. El hombre remaba claramente en dirección a la playa. No pensaba moverme de allí hasta asegurarme de que estaba a salvo.

Y entonces... se esfumó. La barca desapareció por completo de mi campo visual.

¿Había sido una ilusión óptica? ¿Era solo mi mente jugándome malas pasadas? No era posible. No estaba tan lejos y lo había visto perfectamente. Estaba convencida. Corrí hacia un conjunto de rocas desde el cual tendría una mejor panorámica de la cala.

Desde allí entendí lo sucedido. La barcaza se había hundido y el hombre que la ocupaba trataba de nadar hacia la playa. *Este es uno de esos momentos en los que sería útil tener un teléfono móvil,* pensé. No poseía uno de esos aparatos desde que iba al instituto en Florida, y a mis diecinueve años probablemente era una de las pocas chicas del siglo veintiuno que no disponía ni del teléfono más simple. Tampoco lo echaba en falta, hasta ese instante.

Observé cómo el hombre trataba de alcanzar la playa a nado y cuando apenas le faltaban cincuenta metros, volví a perderlo de vista.

No lo pensé más. Me quité el pantalón y corrí hacia el mar.

No sabía exactamente qué estaba haciendo. Jamás había rescatado a alguien, a pesar de que era una buena nadadora.

Ni siquiera estaba cien por cien segura de que el ocupante de la barca hundida necesitase mi ayuda. Solo seguí mi instinto y respondí a la firme convicción de que eso era lo que debía hacer en aquel momento.

Soy consciente de que en mis diecinueve años he cometido un buen puñado de errores, pero algo que jamás me había fallado era mi intuición.

Nadé hacia el punto exacto donde el hombre se había hundido y efectivamente, observé cómo una mano energía a la superficie.

Tenía problemas para mantenerse a flote. Probablemente estaba exhausto. Me sumergí a gran velocidad y lo localicé bajo el agua. Lo rodeé con mis brazos y agité mis pies con toda la fuerza que logré reunir para regresar a la superficie.

—Tranquilo. Te tengo. Deja que te ayude a llegar a la playa.

Apenas podía unir mis manos alrededor de su torso. Era grande y fuerte, y los últimos rayos de sol me permitieron apreciar lo atractivo que era, a pesar de su rostro curtido y una barba algo más larga y densa de lo común.

¿Quién era aquel hombre? ¿Qué hacía solo, en medio del mar?

Por suerte en el agua su cuerpo era ligero. Se dejaba ayudar. Lo sujeté con fuerza y nadé con la mano que tenía libre. Seguí moviendo mis pies con fuerza. Durante los últimos metros, antes de que pudiésemos alcanzar el suelo arenoso de la cala, noté cómo él mismo me ayudaba. Los últimos metros los salvamos con mucha dificultad, pues él estaba prácticamente inconsciente. No podía estar segura de si había tragado mucha agua, pero parecía exhausto, derrotado por el monumental esfuerzo.

Me rodeó los hombros con su brazo y caminó hasta la orilla con mucha dificultad. En cuanto pisamos tierra firme se desplomó.

Sabía perfectamente lo que tenía que hacer para reanimarlo, y aún así me detuve un segundo para contemplarlo y apartar el pelo de su rostro.

En mi vida había visto a un ser tan guapo y tan misterioso. Era uno de esos hombres que siempre tendrá algo de desconocido, aunque te permita acompañarle cada día en su existencia.

www.ingramcontent.com/pod-product-compliance
Ingram Content Group UK Ltd.
Pitfield, Milton Keynes, MK11 3LW, UK
UKHW040013200726
13854UKWH00001B/175